Simone Montabré

Glissando

Vier Love-Stories

Simone Montabré

GLISSANDO

Vier Love-Stories

© 2003 Alle Rechte bei edition R+R, Heidelberg
Erste deutschsprachige Ausgabe
Buchgestaltung: Nüsse Design, Hamburg

ISBN 3-00-013007-1

Rheza Ghiai 7

John Thistleswaite oder Der Brief aus London 13

Biagio Salgiatti oder Die Braut-Entführung 31

Imanuel Ebner 47

RHEZA GHIAI

Sie saßen an einem Tisch beim Frühstück in der Cafeteria. Der Platz war noch frei gewesen, als viele ein knackiges Croissant und eine Bol mit Milchkaffe auf einem Tablett trugen und sich umsahen. Natürlich sprachen sie ein wenig über das, was sie taten und woher sie kamen.

Rheza war Ingenieur aus Teheran und Isabell Battaincourt deutsche Städteplanerin. Er trug eine leichte, hellbraune Felljacke mit Flokati und gefiel ihr, wie viele Iraner, sehr gut. Sie hatte seit langem eine große Vorliebe für diese Menschen und er entsprach nicht einmal ganz der Vorstellung, die sie von seinen Landsleuten hatte, war kein klassischer Iraner, sondern wirkte eher alternativ, modern, leger und sehr fein, was für Isabell insgesamt besonders reizvoll war.

Sie verabredeten sich ins Kino und sahen in den winzigen Straßen von Saint-Germain des Prés einen aktuellen Film der Saison. Müde besuchten sie an diesem Herbst-Abend noch ein kleines Café und sprachen in der anstrengenden Stadt über ihre Heimat. Isabell kam aus Süddeutschland und fragte ihn, ob er sich in Europa freuen würde, wenn er einen Teppich aus seinem Land sähe. Er sagte:

„Nein, weil ich weiß, wie wenig die Leute in meinem Land dafür bekommen, ihn herzustellen," und Isabell war beschämt. Ihr gefielen viele orientalische Teppich-Motive und besonders gut kannte sie die Tradition aus Heriz, weil sie, seit sie denken konnte, zuhause über gleich zwei sehr schöne Exemplare aus dieser iranischen Provinz gelaufen war und ihr die Farben und die Ornamente besonders gefielen. Sie hatte sie nie über, sondern eher gefielen sie ihr jeden Tag besser, wenn sie bei ihren Eltern zu Besuch war. Und deswegen hatte sie Rheza darauf angesprochen, um ihm etwas Angenehmes zu sagen und ihm ihr Interesse an seinem Heimatland zu zeigen. Das hatte er auch richtig verstanden, aber sie überlegte ihre Äußerung neu.

Hatte sie ihn verletzt oder war ihre Bemerkung gänzlich dumm gewesen? Sie kam sich sehr schlecht und kapitalistisch vor. Trotzdem folgte sie ihm und ging mit ihm in sein Appartement.

Am nächsten Morgen frühstückten sie wieder zusammen in der Cafeteria und gingen zu ihren Jobs.

Samstag nachmittag besuchte sie ihn und zehn Freunde und Landsleute saßen zum Teetrinken wie eine Traube in seinem Zimmer. Sie sprachen immer über Politik, wie es schien. Oft ging Rheza abends zu ihren Treffen. Alle arbeiteten in der iranischen Opposition gegen den Schah. Isabell war es ein wenig unheimlich, aber die Männer verzogen sich ziemlich schnell, als sie Platz nahm.

So wichtig konnte ihr Treffen also nicht gewesen sein. Es war ihr nicht besonders geläufig, aus reinem Glas Tee zu trinken, aber es waren hübsche Formen, die die Farbe des heißen Getränks zeigte.

Er wollte mit ihr ins Bett und o.k., sie war einverstanden. Sie lachte und reizte ihn ein wenig, ohne es zu wollen oder anders zu können, weil er ihr am besten von all diesen Orientalen und habhaften Europäern gefiel. Er trug einen Pilzkopf-Haarschnitt und die schmale Nase gab seinem Gesicht besonders feine Züge. Seine Augen waren immer wesentlich feuchter als die von Europäern, wenn er sie ansah. Dann sollte sie ihm das zeigen.

„Fais voir", meinte er sympathisch und ein wenig männlich autoritär und sagte es aus Spaß. Er war ihr gegenüber fürsorglich, ein wenig väterlich und einige Jahren älter als sie. Orientalisch eben. Auch seine Hände waren besonders schmal und fein. Über die Teppiche sprachen sie nicht mehr.

An einem Samstag nachmittag lag sie müde von der großen Stadt an einem November-Tag in ihrem Bett und schlief fest, als es stürmisch klingelte und sie sah aus dem Fenster. Es war Allerheiligen und sie hatte erst vormittags in der Stadt festgestellt, daß ein Feiertag war. In der Notre-Dame hatte sie kurz in die Messe gesehen. Vor dem Haus standen viele Bewohner, es waren etwa hundert und einige französische Polizisten in ihren marineblauen Uniformen winkten, sie sollte herunterkommen.

Vor der Tür erfuhr sie, es hatte einen Bomben-Alarm gegeben bei der Polizei und das Haus wurde evakuiert.

Isabell erschrak. Sie nahm sofort die Metro und zog für eine Nacht in ein kleines, billiges Hotel am Jardin du Luxembourg. Kaum war sie in ihrem Zimmer und hatte ihren Regenmantel ausgezogen, als das Telefon klingelte und jemand sie anreden wollte. Sie bekam noch größere Angst, zog ihren Regenmantel gleich wieder an und verließ das Hotel. An der schäbigen Rezeption lehnte ein sehr ungepflegter Mann über der Bar. Der Rezeptionist ließ sie ohne weiteres gehen. Der Andere versuchte, sie anzureden, aber Isabell hatte genug. Sie mußte für diese Nacht etwas anderes, Besseres finden und zog in ein Hotel, das doppelt so teuer war und fühlte sich sehr schlecht. Sie ging nicht mehr aus dem Haus und am Sonntag begann sie sofort, ein besseres Appartement zu suchen.

Am Boulevard Jourdan fand sie einen ordentlichen, freundlichen Vermieter, der ihr für den Dezember etwas anbot. Sie war erleichtert, obwohl das Appartment selbst nicht unbedingt besser war als ihr altes. Sie sah Rheza und erzählte ihm beim Tee, sie zöge in zwei Wochen aus. Ehrlich enttäuscht und beherrscht zugleich sagte er ihr deutlich und sehr zartfühlend: „Aus persönlichen Gründen finde ich das nicht gut." Sie sah ihn an. Er hatte nur wenig Zeit, wollte zu acht Uhr abends wieder in eine Versammlung und Isabell war nicht wohl bei dem Gedanken.

Wer hatte die Bomben-Warnung gegeben? Die Geheimpolizei des Schah, die gefürchtete Savak?

Sie ging nicht mehr mit Rheza aus und zog in ein anderes Haus in die Nähe von Denfert Rochereau. Er besuchte sie hier und die Concierge meldete ihn an. Isabell fand es treu und fürsorglich von ihm, nach ihr zu sehen, wie sie jetzt untergebracht war und natürlich, um sie zu umarmen. Er war eben orientalisch.

Es war vorläufig ihr letztes Mal und sie wußte genau, die Concierge würde es sich merken.

Im Sommer sah sie Rheza in der Métro-Station von hinten mit einer dunkelhaarigen Frau mit langen Locken und dachte sich: natürlich hat er jetzt die. Und ging ihres Wegs.

Immer interessierte sie sich weiter für den Iran und seine Entwicklung, las Zeitungsberichte und sah Fotos von Reisenden.

Sie las über Perser und die Alten Griechen, als der Kriegszustand in Europa normal und der Friede die Ausnahme war, dachte an Karl Martell und Prinz Eugen, die die Araber in die Flucht geschlagen hatten, an die Gleichberechtigung der Geschlechter in westlichen Ländern und an Allahs Öl gegen das Imperium Americanum.

Und wie würden europäische Frauen und Männer mit der Lage umgehen, wie Moslems die Möglichkeit von vier Frauen zu haben? Vier.

Wie würde es sich mit der weiblichen Genetik vereinbaren, die einzig Schönste und Wichtigste, einfach die Bedeutendste für ihn zu sein?

Besonders gern sprach sie immer mit Landsleuten über die Verhältnisse und sah sich Filme an.

Viele Jahre später lernte sie im Büro eine nette Iranerin namens Nilufar kennen, die ihr riet, sie könnte doch einfach in das Telefonbuch von Teheran sehen und Rheza anrufen.

Ja, das könnte sie machen, wenn sie einmal selbst in diesem Land wäre.

JOHN THISTLESWAITE
ODER
DER BRIEF AUS LONDON

Stein Bredesen hatte eine EDV-Assistentin durchgesetzt. Er war EDV-Leiter einer kleinen Firma für Stukkaturen und erwartete sie in seinem Büro. Caroline Krugier erschien zur Einarbeitung und er holte ihr einen Kaffee. Sie lernte schnell, war ein gutgewachsenes Mädchen und er konnte beruhigt daran denken, daß sie seinen Job gut machte, wenn er in den Heimat-Urlaub nach Norwegen ginge. Sie würde alles beherrschen, wußte er nach zwei Tagen.

An einer alten Schiefertafel schrieb er ihr batch-Programme auf. Da war er altmodisch und nostalgisch. Und ihm gefiel die Lehrer-Pose. Mittags nahm er sie mit in ein Restaurant und aß an einem Tisch mit ihr allein.

Er erzählte pausenlos von seinem Studium in Sankt-Gallen in der Schweiz, von seiner norwegischen Heimat und lachte immer sehr laut. Es war ein musikalisches Lachen, aber immer wesentlich lauter als seine Sprechstimme war. Dann funkelten seine dunklen Augen und er wirkte in seinem feinen blauen Westenanzug so temperamentvoll wie drei Ungarn zusammen. Nach einigen Wochen ging sie mit ihm ins Bett. Er hatte sie beruflich hochgebracht und sie beherrschte Programme, die andere nicht im Entferntesten kannten.

Sie verbrachten die Mittagspause oft in einem kleinen Vogel-Park im Industrie-Gebiet, ein paar Schritte von der Firma weg. Immer war er sehr fürsorglich und hatte eine Tüte Brötchen schon morgens aus Frankfurt mitgebracht.

Es war Frühjahr und er verführte sie nach dem Büro in einem Wald im grünen Gras. Caroline bekam Rückenschmerzen von der Kühle des April.

Sie versuchte immer, ihr Verhältnis soweit korrekt zu führen, wie es ging, ihren Job und ihre private Laison auseinanderzuhalten und wußte genau, daß es nur schlecht ging. Sie war gut und konnte den Job auch ohne diese prickelnde Herausforderung durch Bredesen machen. Eines bedingte nicht das Andere, förderte es vielleicht und behinderte es nicht. So schwierig war die EDV-Organisation des Betriebs nicht, er hatte sie nur verdammt gut informiert und daher war sie motivierter, als deutsche Angestellte normal waren.

„Sie stehen unter Erfolgszwang", schärfte er ihr ein, bevor er abreiste und lachte laut.

Nach seinem Urlaub erschien montags morgens auch der Junior aus der englischen Firmen-Gruppe im Büro und Caroline und Bredesen sahen ihn mittags mit den kaufmännischen Bossen der deutschen Firma im Restaurant. Der Engländer war unauffällig, in einem sehr britischen dunkelgestreiften Anzug und er trug eine hellbraune Hornbrille, die ihn recht gebildet wirken ließ. Bredesen fand die Brille blöd.

John Thistleswaite kam aus London für drei Monate nach Europa in die deutsche Tochterfirma und fuhr einen grünen Rover mit dem Steuerrad auf der rechten Seite. Das Auto war wirklich gut.

Und natürlich musste Stein Bredesen ihn kennenlernen, wollte zur Abwechslung gern jemand Neues im Haus sehen und eines Tages saßen sie zu mehreren beim Mittagessen zusammen.

Bredesen unterhielt in seiner unnachahmlich agilen Art und der Engländer hörte lächelnd zu. Er fragte Caroline, ob sie die Sendung „Ein Stück Himmel" im Fernsehen gesehen hatte und es freute sie, zu antworten: „Ja, habe ich und besonders gefallen hat mir die Bemerkung der Frau Weiss im Film: die Renaissance bringt Hoffnung, die sie als Lehrerin ihren Schülern mitgab, bevor sie nach Auschwitz kam."

Im Büro wollte Bredesen ihr klarmachen, daß Thistleswaite eine gute Partie für sie wäre und fuhr abends mit ihr wie gewohnt in den Wald zu einem kleinen Spaziergang. Er nahm sie an die Hand und erzählte weiter seine Weisheiten: „Schau...", fing er immer an. „Schau´n Sie..." redete er Leute an, mit denen er per Sie war. „In Norwegen ist das Leben so kalt, daß immer eine Hand für Dich ist und eine für den anderen." Solche Erzählungen beeindruckten sie.

An seinem Geburtstag holte er Fischgerichte aus einem Geschäft und bewirtete die Kollegen mit trockenem Wein. Das machte er gern und sehr gut. Er war ein guter Gastgeber. Caroline hatte jedoch nur wenig Lust, ihm zu helfen, weil er sonst immer sehr viel redete, konnte er jetzt auch einmal seine eigene Fete organisieren, fand sie.

„Herr Bredesen möchte aber jetzt, daß Sie zum ihm kommen und mit Ihnen allein sein", meinte Kollege Körner nun erstmalig anzüglich beim Umtrunk.

Sie verabredete sich mit John Thistleswaite für einen Samstag abend ins Kino, als auch Freundin Sarah zugegen war und energisch fragte: „Nehmt Ihr mich mit?" Caroline antwortete diplomatisch und höflich ausweichend: „Ich rufe Dich noch an". Sie sah die Bekanntschaft zunächst als touristische Völkerverständigung und wollte die gute, dicke, rothaarige Sarah jetzt wirklich nicht mitnehmen.

John holte sie ab und als Erstes stiefelten sie zu McDonalds in einem sehr historischen Gemäuer der Stadt. Caroline fand es hier eher noch amerikanisch als britisch und war sehr froh über ihre eigene Aufgeschlossenheit. John interessierte sie von Anfang an nicht besonders, aber Bredesen hatte recht damit, daß er vielleicht ein netter Kerl für sie war. Man wußte es noch nicht. Thistleswaite war höflich und ein guter Zuhörer, erzählte von seiner Zeit in der belgischen Filiale und dann gingen sie in den Romy-Schneider-Film: „Die Spaziergängerin von Sanssouci".

Caroline wollte noch ein Glas Wein trinken und schlug ein Lokal vor.

John fuhr in sein Quartier und sie ging in ihre Wohnung. Er wohnte beim deutschen Chef der Niederlassung und mokierte sich beim Wein ein wenig darüber, wie sehr Deutsche auf Anrede und Distanz achteten.

„Herr Doktor Seibold, Herr Doktor Bitterlich," imitierte er. Ja, so war es und Caroline interessierte auch das nur sehr wenig.

Aber er war ein wenig Abwechslung in der Palette ihrer Bekannten. Sie lud ihn zu einer Party zu sich ein und sagte, als Tischordnung sollte es so sein, daß der neben dem saß, den er mochte. Er setzte sich neben sie. Unterhaltsam war der Abend wie immer, wenn sie Freunde einlud und John erzählte nicht sehr viel, weil die Damen alle sehr viel zu sagen hatten. Ein temperamentvoller Franzose, ihr alter Freund Fabrice, der vorher schon freiwillig versprochen hatte, er würde diesmal nicht so laut reden, was Caroline durchaus an ihm gefiel, war der lebhafteste Unterhalter des Abends. Fabrice redete für sein Leben gern über Esoterik, ein Thema, das Caroline ausgesprochen interessant fand und er gestikulierte dabei sehr temperamentvoll. Ihr Wellen-Sittich Romeo saß ihm dabei auf dem Kopf. Freundin Aglaia warnte:

„Caroline, Dein Vogel kriegt gleich einen Herzinfarkt."

Als John heimfahren wollte, schlug sie vor, er möchte Sarah mitnehmen. Sarah war sehr, sehr anglophil und liebte nur Irish Folk und englische Schriftsteller. Die konnte sie zitieren und ihr gefielen Passagen wie: „waters of time" in Sonetten. Solche Ausdrücke fand sie romantisch, die sonst durchaus realistisch in der deutschen Welt lebte. Sarah war so rothaarig und trug ihre Locken lang, wie Caroline frankophil und dunkelhaarig war und ihre Frisur sehr kurz geschnitten trug. Als Freundinnen waren sie gegensätzlich, regten sich sehr an und die eine unterstützte immer die andere, schon allein unfreiwillig.

Gegen Drei Uhr morgens, Caroline hatte gerade die Wohnung grob aufgeräumt, klingelte ihr Telefon und Sarah sprach aufgeregt: „Würde es Dir etwas ausmachen, auf diesen Herrn zu verzichten?" Caroline glaubte, ihren Ohren nicht zu trauen.

„Ja, das würde es." Sie legte auf.

Es würde ihr wirklich etwas ausmachen, denn sie ging schließlich auch nicht mit Sarah zu ihren Rendezvous, wenn die ihre Burschenschaftler traf. Interessierte sie nicht, obwohl ihr einer von ihnen einmal sehr geholfen hatte, ein Auto zu kaufen. Der war sogar mitgekommen, und handelte einem

Auto-Mechaniker noch fünf Jahre Garantie-Leistungen für Carolines weißen Porsche ab.

Ja, gut, der war ganz tüchtig gewesen, aber es war keine Begleitung zu einem Rendezvous, wo Sarah ihn sowieso nicht ganz richtig für sich hatte und immer sagte, seine Mutter hätte etwas gegen sie. Caroline tat es für sie leid.

Ernst nähme Sarah diese Kerle aus den Studenten-Verbindungen sowieso nicht, lachte sie jedoch fröhlich. Was mußte sie aber dann ausgerechnet jetzt bei diesem eigentlich furchtbar langweiligen Engländer dazwischenfunken? Es kam für Caroline nicht im allergeringsten in Frage, sich nachts um Drei darüber überhaupt zu unterhalten.

Sie war müde.

John reiste ab und es wurde Herbst. Er schrieb Caroline immer freundliche Briefe auf Luftpost-Papier und einmal stand darin, er hatte einen großen Kunst-Sammler besucht. Jetzt dachte Caroline, da kann ich nicht mehr mit. Kunst-Sammlungen haben wir hier leider alle nicht und ich weiß nicht, ob ich Dir darin gewachsen bin.

Lieber John, antwortete sie, ich gehe nach Hannover auf einen Empfang während der Computer-Messe, und er antwortete, gern käme auch er nach Hannover.

Die Messe interessierte ihn.

Caroline quartierte sich bei ihrer alten Schulfreundin Eva ein, die ihr immer eine nette und verständnisvolle Gastgeberin war. Sie hatte für alles Interesse, was Caroline machen wollte, gab ihr den Hausschlüssel, wenn sie später nach Hause käme und kochte Kaffee, hatte Kuchen gebacken und empfing auch John herzlich wie immer, wenn Caroline sich von Kollegen mit dem Auto bei ihr nur absetzen ließ.

„Ich freue mich jetzt richtig, daß John wieder mitkommt," meinte sie wirklich tröstend ehrlich. Und so freundlich sagte hier eigentlich niemand, was er über jemand anderen dachte. Wirklich niemand.

Caroline saß und tanzte mit John auf dem Ball und er war sehr glücklich, mitgenommen worden zu sein. Er wurde und wurde für sie jedoch einfach nicht attraktiver. Nicht, als sie ihn in seinem Hotel abholte und sah, daß er sich über einen Artikel im Spiegel deutsche Vokabeln geschrieben hatte und nicht sein knapper Kamelhaar-Mantel, der ihn sehr kindlich wirken ließ.

Mein Gott, dachte sie, so wird das einfach nichts mit uns.

Und er ließ es bei allem bewenden. Am nächsten Nachmittag sprachen sie bei Eva beim Kaffee über seine Studien-Zeit in Cambridge und die Aufnahme-Voraussetzungen. Auch seine Schwester Moira war dort gewesen und für Caroline und ihre Schulfreundin und deren nette kleine Familie, Eva und Bernard hatten jetzt ein hübsches, blondes Kind bekommen, war es neu, zu hören, wie das Aufnahme-Verfahren dieser englischen Privat-Universität war, wo es im Wesentlichen um die soziale Einstellung und Haltung der Bewerber ging.

Johns Deutsch-Kenntnisse waren gut, er sprach alles ganz richtig aus und machte keinen einzigen Fehler. Früher hatte er einmal eine sehr religiöse Freundin gehabt, erzählte er ihr bei einem Kaffe, die hatte Tess geheißen und wäre immer der Ansicht gewesen, es wäre eine Sünde, wenn sie miteinander schiefen. Es passte wieder.

Sie reisten beide in ihre Richtungen ab.

Im Winter schrieb er ihr wieder viele Briefe, es waren immer zehn oder zwölf Seiten auf dem hellblauen zarten Luftpost-Papier in seinem gutem Deutsch und er sprach ihr Mut zu.

Sie hatte sich in der Firma versetzen lassen und war in einem anderen Gebäude in einem anderen Team tätig. Der Abschied von Bredesen war nicht einfach gewesen. Er machte ihr Vorwürfe, die sie überraschend unbegründet fand und trennte sich daher leicht von ihm. Es war sehr eigenartig. Er hatte mir ihr ein durchaus lebendiges erotisches Verhältnis gehabt und sie gleichzeitig allen Ernstes an den Engländer vermittelt und verfrachtet. Da wurde es ihm jetzt wohl zu schwierig, plötzlich verlassen zu werden, was für Caroline genauso war, nur die Trennung war für ihn deutlich fürchterlicher.

„Wo muß ich anrufen?," fragte er kernig wie immer und Caroline wollte nicht angerufen werden. Er wurde ihr jetzt wirklich zu viel.

Immer lud John sie in seinen Briefen ein, sie einmal zu besuchen und im Frühjahr wollte er sie wieder in Deutschland sehen. Er schrieb ihr „...to start a relationship with me. I find you really sexy." Sie fand ihn jedoch nur ganz nett, nicht mehr und nicht weniger. Welcher Natur könnte diese relationship dann sein?

Er kam an einem Samstag vormittag vom Flughafen und brachte eine Flasche Whisky für sie mit, die sie nicht im geringsten interessierte. Seit sie einmal mit einer Überdosis dieses Getränks in ihren Geburtstag hineingefeiert hatte, konnte sie Whisky-Geruch nicht mehr ertragen und fand das Mitbringsel sowieso einen Fehler, daneben, unschmeichelhaft und sehr wenig galant. Welcher Frau schenkte man schon Whisky? Er hatte einen alten Koffer aus feinem echtem Leder und das war wieder sehr britisch an ihm. So etwas hatte ihre Mutter (auch noch) auf dem Speicher.

Sie ging mit ihm über den Markt und kaufte Spargel ein. Es machte Spaß und war eine besondere und natürliche Situation zugleich, zusammen etwas zum Essen einzukaufen. Er lachte fröhlich.

Nach dem Essen sagte sie ihm, er möchte doch zum Mittagsschlaf mitkommen und er ging mit in ihr Schlafzimmer. Es lief einigermaßen ab.

Für sie war er zu temperamentlos und das nicht nur wegen der drei Jahre, die er jünger als sie war. Er interessierte sie erotisch einfach nicht und ihr schien, als würde es ihn einfach kalt lassen und sei ihm nicht wichtig.

Sie machten einen kleinen Ausflug in die Äppelwoi-Kneipen im Taunus und John gefiel alles gut. Auf dem Weg sah er amerikanische Kasernen und äußerte dazu: „Ja, sie müssen uns beschützen." Er lachte und Caroline wurde klar, daß die anti-imperiale Haltung nicht nur in Deutschland gegen Amerika bestand. Die Bemerkung wurde ihr sehr wichtig und sie erinnerte sich immer wieder daran.

Für Abends hatte sie Freunde zum Spargelessen eingeladen und John half bei den Vorbereitungen mit. Er wollte sie gern in London zu Plumpudding einladen, sagte er freundlich und es interessierte sie nicht besonders. Weder er noch London und schon gar nicht Plumpudding, obwohl sie sonst sehr interessiert an Spezialitäten war, sagte er es wieder so einschläfernd und gleichzeitig artig, daß sie gerade soeben noch nicken konnte.

Besonders gefiel ihm ihr Bücherregal aus Backsteinen, dessen Holzbretter sie als Studentin grün angestrichen hatte und immer noch dastehen ließ.

„Meiner Mutter gefällt so etwas aber gar nicht", witzelte sie und freute sich dennoch über sein Interesse. Und ihm gefiel das großformatige Selbstbildnis von Picasso in Blau, das sie von der Buchmesse mitgebracht hatte.

Die Leute kamen und alle fanden ihn nett. Sie wußte, daß er sie mit seinem guten Deutsch und seiner freundlichen Art sehr beeindruckte. Ein waschechter Brite war er, gebildet und aus bestem Haus. Das fanden sie toll. Nur sie selbst hatte nicht den geringsten Spaß an ihm. Bei Tisch erzählte John auf ihren Wunsch noch einmal die zwei englischen Witze über Schafe auf drei Beinen und sehr abstrus, die er ihr schon einmal erzählt hatte und sie fand es immer das Witzigste an dem ganzen John. Und ihr rutschte im Lauf des ganzen Abends ein riesiger Faux-pas heraus.

„Ich würde sehr gern Schubert oder Schumann heißen", tönte sie arglos und etwas angesäuselt und ein alter Freund konterte gleich drauflos: „ja, dann inserier doch mal." Es war ihr unbewußt herausgerutscht, als es um Nachnamen ging und sie hatte nur an den Klang gedacht, nicht einmal an eine Namensänderung ihrer selbst oder auch nur an den annähernden Wunsch dazu. Jetzt stand es jedoch im Raum.

Es war genauso unbewußt emotional jedoch ein starker Schlag gegen John, der sich wirklich Hoffnung oder Vorstellung gemacht haben mußte, mit ihr ernsthaft eine sogenannte Beziehung, eine 'relationship' zu haben. Und er war ihr doch zu jung, zu englisch, zu energielos und eben zu uninteressant erschienen, als daß sie sich mehr als höflich auf ihn einlassen konnte. Es lief einfach nicht. Dennoch wußte sie nicht, worauf sie verzichtete, kannte ihn ja kaum.

Nur wenn sie sich vorstellte, nach London zu ihm zu gehen, war es, im Regen dort anzukommen, ihren Vogelkäfig in der Hand und insgesamt in einem sehr verregneten Käfig landen zu müssen.

Im Bett sagte er ihr freundlich: „ich habe Dich" und sie fand es nett.

Noch nie hatte ihr jemand so ausdauernd Briefe geschrieben, sie so nett eingeladen und ihr so fein geschrieben, daß er sich für sie interessierte. Er war sicher eine gute Partie und Freundin Sarah, die jetzt natürlich nicht mehr eingeladen wurde, neidete ihn ihr gebührend.

Es brachte aber auch nichts weiter. Allein darauf konnte man nichts geben und der Wunsch und neidische Anspruch einer Freundin, einen Mann zu halten, kam ihr absolut nicht in den Sinn.

Am nächsten Morgen ging er in seine Firma und kam abends mit dem grauen Jaguar vom Boss zu ihr zurück, um sich zu verabschieden. Die Stimmung war ein wenig frostiger.

„Körner hat mir alles erzählt," meinte John nur und Caroline wußte genau, was der gesagt hatte und konnte es niemandem verübeln. Der Abschied war kurz und sie begann, sich zu ärgern. Was hatte ihr uraltes Verhältnis mit Bredesen jetzt noch mit John zu tun? Rein gar nichts, es wirkte nur nicht besonders gut. Sie hatte für lange Zeit große Schuldgefühle, bis sie eines Tages imstande war, sie einfach wegzupusten. Als Brite erschien er ihr bei all seiner politischen Liberalität doch sehr konservativ in seinem Status als Unternehmer-Sohn. Und er war, wie sie dann schleunigst auf einen National-Charakter schloß, ein ziemlich uninteressanter Liebhaber gewesen. Irgendwie doch sehr mickrig, fand auch Aglaja.

Auf den Fotos vom Ausflug sah er am Kneipen-Tisch richtig naiv aus und Carolines Mutter sagte dazu noch ehrlich: „Nett."

John schrieb einen Brief und darin stand: „emotionally I am not sufficiently attached." Es war doch wieder nur fair von ihm. Und es war ihrerseits genauso. Warum empfand sie jetzt Reue? Welche Alternativen hatte sie hier in Deutschland? Verschiedene Leute kannte sie, lauter chice Männer mit guten Karrieren, aber der eine ein großer Frauenheld und der andere auch gerade vergeben. Sarah wußte es ja immer am besten. Aber ihr konnte sie jetzt nichts mehr beichten. Caroline war ein wenig deprimiert.

Sie ging zu ihrer alten Wahrsagerin und klagte ihr das Dilemma.

„Er wird eine andere gefunden haben," aber Caroline glaubte ihr nicht richtig.

„Fahren Sie hin und es wird für ein dreiviertel Jahr so mit Ihnen weiter gehen. Erfinden Sie einen Grund, nach London zu reisen und tun Sie etwas für sich. Kaufen Sie etwas Schönes für Ihre Wohnung und tragen Sie neue Kleider."

Das machte sie nicht alles so, aber nach London reisen, ja. Mit Sarah war sie schon einmal eine Woche dagewesen, weil der die Stadt und das ganze Land so gefielen. Aber nun konnte sie ja davon nichts erzählen. Alles allein gesagt und getan. Sie schrieb John einen Brief: dann und dann komme ich nach London und arbeite mit Kollegen zwei Tage in dem und dem Büro. Es stimmte alles nicht, hätte aber stimmen können. Er hätte es überprüfen lassen können und es war ihr egal, ob er das machte oder nicht.

Er schrieb, sie sollte anrufen, wann sie genau wo sei und sie erblickte erfreut das alte Hotel Freemantle, in dem sie mit Sarah einmal ein paar Tage verbracht hatte, zog ins Hotel Coburg und ging zunächst zwei Sommer-Tage lang allein in London auf Foto-Streifzügen in die Parks.

In einem Buchladen machte ein toller Typ sie sehr an und sie fand es zu deutlich. Er war ein Typ wie John Fitzgerald Kennedy und es machte ihr doch Spaß. Sie spazierte allein in Hampstead herum und es war nicht unbedingt uninteressanter oder langweiliger als mit ihm zusammen, erhöhte aber ihre Spannung, John am Sonntag morgen zu sehen.

Er holte sie im Hotel Coburg mit seinem grünen Rover ab und fuhr sie durch London.

Der Morgen war fantastisch, hell strahlte die Sonne. Er erklärte ihr Saint James` Palace und lud sie hinter Hammersmith-Bridge in einen schönen Segel-Club an der Themse zum Essen ein. Sie war erstaunt über das gute Essen.

Es gab feinste Salate und Hühnchen auf einer Terrasse am Fluss in der Sonne.

(Wirklich oberfein.) Dann fuhr er sie in seine Wohnung und das englische Wohnhaus aus rotem Backstein mit seinen zwei Stockwerken lag vor einem Park mit einem Tennis-Platz. Sie hatte viele Briefe hierher in die Montgomery Mansions geschrieben. Er erschien ihr wie immer, in seinem eigenen Land vielleicht etwas anders als auf Reisen, aber nicht besonders.

In seinem Wohnzimmer gefiel ihr das geblümte Sofa aus hellem Grobleinen mit grünen Chrysanthemen drauf vor einem Erker. In der Küche lag nur ein Set für ein Gedeck auf dem Holz-Tisch und es beruhigte sie irgendwo sehr. Eine andere Frau, wie die Wahrsagerin gesagt hatte, konnte es also so eng nicht sein. Und überhaupt hatte er gesagt, gerade vier Tage lang bis Samstag in einem Cricket-Spiel als Zuschauer gesessen zu haben. Damit konnte es nach ihrem Eindruck so besonders weit her mit einer anderen wirklich nicht sein.

Er ließ Badewasser ein und hatte in seiner Wanne eine kleine gelbe Ente schwimmen.

Es war sehr amüsant für sie und erschien ihr auf seine Weise sehr britisch. Er ging mit ihr ins Bett und sie hatte das Gefühl, gesiegt zu haben. Vorläufig wenigstens. Das Schlafzimmer war in sehr feinem, weißen Rokoko und seine Bettwäsche genauso kostbar wie diese Möbel, marineblau mit feinen, weißen Streifen drin. In das Zimmer schien Sonne an diesem Sonntag-Nachmittag.

Gegen Fünf fuhr er sie zum Flughafen und sagte ihr zum Abschied recht lieb: „wir sehen uns bald," und diese Art gefiel ihr an ihm. Er hatte ein zärtliches Herz.

Sie kam recht zufrieden nach Hause zurück und erzählte ihren Freundinnen, daß sie es nur gemacht habe, um zu sehen, was ihr da entgangen sei. Die hörten zu.

Bredesen meldete sich eines Tages telefonisch und auch John schrieb, daß Bredesen in London gewesen war und sich gemeldet hatte. Sie waren zusammen essen gegangen und John amüsierte sich wie immer ein wenig über Bredesen, wenn er ihn auch ziemlich anstrengend und aufdringlich gefunden haben mußte.

Ihre London-Reise war sehr gut gewesen. Nach allem sehen, was es dort Schönes gab und die Atmosphäre in der Stadt in Ruhe erleben. Es war nicht schlecht, aber in ihrem ganzen Leben hätte sie dort nicht wohnen wollen.

Eines schönen Tages, es war im Herbst nach ihrer Sommer-Reise schrieb John, er wollte jetzt heiraten und wünschte ihr alles Gute. Sie glaubte es nicht richtig, beruhigte sich aber und führte ihr ausgefülltes Berufs-Leben so, wie sie es machen wollte.

In England hätte sie nie richtig Arbeit gefunden, dachte sie und mit ihm zusammen zu leben erschien ihr absolut nicht allein seligmachend. Es hatte auch nicht zur Debatte gestanden, war aber eine sehr, sehr interessante, internationale Erfahrung und Überlegung für sie geworden.

Nach vielen Jahren durchblätterte sie ihr Adress-Buch und rief seine Nummer an.

Er meldete sich wie immer nach dem unerhört antiquierten englischen Freizeichen in der Leitung und sie war sicher, daß er allein war.

BIAGIO SALGIATTI
ODER
DIE BRAUT-ENTFÜHRUNG

Der junge Mann ging in einem hellblauen Bademantel über den Flur des Studentenheims in die Dusche genau wie sie. Joséphine Thibauts Bademantel war hellblau wie seiner, jedoch mit eckigem Kragen, wo sein Revers rund geschnitten war. Er sah sie gelegentlich an und nickte für einen Guten Morgen. Seine hellbraunen Locken und die römische Nase gefielen ihr, wenn er in sein Zimmer Dreißig zurückging. Er wirkte angenehm und höflich, gepflegt und sehr dezent.

Italiener war er, Orientalist aus Rom und sie trafen sich gelegentlich abends in der Rot gestrichenen kleinen Bar des Studentenheimes, wo Joséphine dienstags abends arbeitete. Bald fand er einen jungen Freund, Christian Unglaube, Historiker vom Fach so wie Joséphine, der Biagio bald sehr bewunderte und der sein Idol wurde. Christian Unglaube studierte zusammen mit Joséphine und sagte ihr immer, wie er alles fand.

Regelmäßig kam Biagio abends aus der Stadt in den kleinen Vorort mit seinem Fiat Fünfhundert in hellem Türkis, der ihn auch über die Alpen bis in die kleine, süddeutsche Universitätsstadt getragen hatte.

Er war schon dottore, erklärte er Joséphine eines Abends in der Bar leichthin ohne sich wichtig zu tun, als sie sich nach seinem Fach erkundigte. Auf die Getränke-Karte malte er ihr den ur- und frühgeschichtlichen Raum, in dem er arbeitete. Ihn interessierte die assyrologische Abteilung dieser Universität und er profitierte von der Kompetenz der deutschen Kollegen.

Seinen Fiat ließ er offen vor der Uni stehen, wenn er Joséphine morgens in die Stadt hinein mitnahm und erklärte: „Confiance règne...", Vertrauen regiert, weil er gern mit ihr Französisch sprach und noch nicht so gut Deutsch konnte.

Er nahm an allen Geselligkeiten gern teil und Joséphine lud ihn zu ihrer kleinen Geburtstagsparty in die Bar ein. Sie hatte wegen der Symmetrie einige chice Kommilitoninnen eingeladen, damit ihre Freunde aus dem Studentenheim neue Leute kennenlernten.

Joséphine war eng mit ihrem Uni-Assistenten Alain d'Anjeac liiert, der fast zehn Jahre älter als sie war und für sie ein ganz wunderbarer, traumhafter Mann.

Biagio vergnügte sich auf ihrer Party mit ihrer Kommilitonin Eva und ein flotter jugoslawischer Mathematik-Student, Bogdan Bogdanovich, genial in seinem Fach, fluchte:

„Dieser Spaghetti-Fresser nimmt uns die schönsten Frauen weg."

In der Tat redete Biagio den ganzen Abend lang mit Eva Brand, einer sehr hübschen, lustigen Freundin von Joséphine, die eine große Schlagseite für Italien hatte und viele Italiener kannte. Alains Freund Clemens Bastian lachte:

„Ja, ja, es ist immer gut, wegen der Symmetrie Leute einzuladen."

Joséphine war froh, daß alle sich gut unterhielten. Sie selbst mußte eigentlich nur verhindern, daß diese Viktoria Terborg sich zu lange mit ihrem Alain unterhielt, sie fühlte sich vernachlässigt und war sehr eifersüchtig, als er ständig mit dieser langweiligen Viktoria palaverte, während sie sich um die Leute kümmerte, er immer etwas trank und irgendwie abwesend war, abgelenkt, schien ihr und es paßte ihr nicht.

Gut, er hatte ihr alles eingekauft, mit dem Auto die Vorräte gefahren und ein wenig bei den Vorbereitungen assistiert. Jetzt wollte sie sich bei ihm ausruhen und ihn genießen, ihn für sich haben und nicht länger Viktoria überlassen. Nein, die hatte jetzt wirklich lange genug Freude an ihm gehabt und mit ihm gelacht. Schluß damit. Es klappte gut. Ihr gefiel ihr eigenes Fest und den anderen sicher auch. Gute Leute waren sie allesamt.

Biagio wollte nur für das Sommer-Semester bleiben. Ihm gefiel seine Abteilung an dieser

Universität sehr und er lernte immer besser Deutsch.

„Was ist das, wie heißt das?", würde der berühmte, große Professor Hilgendal immer fragen. Biagio war ständig im Stress.

Er hatte sich mit Christian Unglaube gut angefreundet und traf sich oft mit ihm, besuchte ihn abends in seinem Zimmer Achtzehn und sie sprachen über ihre Erlebnisse. Gelegentlich besuchte er auch Joséphine gegenüber in Dreiunddreißig zu einem Glas Wein. Er gefiel ihr, weil er angenehm auftrat und so fein italienisch gewandet war und auch Alain fand ihn nett. Biagio trug nur beste Materialien in Cordhosen und reinsten Wollpullovern. Wenn es kühler war, hatte er eine wunderbar leichte weiße Wolljacke und die hätte Joséphine auch für sich sehr gut gefallen. Da kamen Deutsche nicht mit. Sie waren anders im Stil und ihrer gesamten Kultur und sahen verschiedentlich recht respektvoll zu diesem Italiener auf. Und auch Christian Unglaube entwickelte sich bald zu einem Frauenhelden italienischer Art.

In Studentencafés traf Joséphine Biagio gelegentlich und er war immer nett, manchmal lustig und gesellig und begleitete sie eines Abends ins Konzert, als sie zum Semester-Abschluss die „Johannes-Passion" mit ihrem Studentenchor sang. Biagio kam auch zum Weintrinken in den Chorraum mit und begrüßte den Dirigenten höflich. Er stand dazu auf, was in Deutschland normal nicht so üblich war. Joséphine fand es wunderbar.

Biagio seufzte sehnsüchtig:

„Wenn es nicht so voll wäre, würde ich spielen..." und schaute auf den Flügel.

„Bitte, Biagio, spiel doch. Hier sind nur Musiker und es wäre doch schön, wenn sich einer ans Klavier setzen würde. Was würdest Du denn spielen?"

„Vielleicht Chopin."

Joséphine glaubte ihm aufs Wort, aber er wollte nicht.

Zusammen kauften sie einige Tage später in einem Musik-Geschäft sämtliche Werke Werner Henzes für seinen jüngeren Bruder in Rom als Geschenk ein.

In den Ferien kam ein Freund aus Rom zu Besuch zu ihm, um ihn abzuholen. Auch Frederico Pontieri war ein toller Italiener, ein feiner, aparter Mensch mit bester akademischer Laufbahn, sehr beliebt und angesehen, soweit Joséphine es hörte, sah sie jedoch nicht mehr lange zusammen.

Sie verreiste nach Dänemark mit einer Freundin aus dem Chor und als sie zurückkam, war Christian Unglaube über die Maßen beeindruckt von diesen Italienern, ihrer Kompetenz bei Frauen und natürlich insbesondere wegen ihres akademischen Renommés. Er reiste gleich im Sommer nach Rom und traf sich mit ihnen. Sie hätten eine Party gemacht mit sehr vielen Leuten und wären großzügige Gastgeber gewesen. Das waren doch die Richtigen.

Im Herbst war Biagio wieder in seiner Heimat und Joséphine trennte sich von Alain. Er hatte in einer anderen Stadt eine andere Frau und Joséphine wollte es nicht mehr hinnehmen. Sie arbeitete viel und versuchte, ihre Pläne zu verwirklichen, eine Amerika-Reise für das nächste Jahr vorbereiten und bekämpfte ihren Liebes-Kummer.

Im Frühjahr schrieb sie eifrig an einem Referat und hörte durch das Fenster abends draußen Biagio lachen. An ihrem Schreibtisch wußte sie genau, daß es sein Ton war und hatte nichts vernommen, daß er wieder kommen wollte. Er kam herein und sie tranken etwas. Er übernachtete bei ihr, nachdem er an diesem einen Tag mit seinem Fiat die ganze Strecke aus Rom hergefahren war, sie ihm ihren ertränkten Liebes-Kummer wegen Alain erzählt hatte und er noch genau vom letzten Sommer wußte:

„Jeder hat seine Situation gekannt..., Engel..."

Aha, nur sie selbst war also die Dumme gewesen. Naiv fand sie sich jetzt wieder selbst und wollte auch die Nacht mit Biagio nicht so ernst nehmen.

„Waren wir zusammen...?" fragte er so, als ob wirklich nichts gewesen wäre. Sie sah ihn stumm an, vergaß es ziemlich schnell wieder und bemühte sich um ein Zimmer im Haus für ihn. Alle freuten sich, daß Biagio wieder da war. Er war in seiner angenehmen Art ein Trost für sie alle und gern ging Joséphine mit ihm Wein trinken, stieß zu den anderen und fühlte sich ohne ihren Verflossenen nicht mehr so allein.

Er war mit Christian sehr befreundet und der beschloß, nach seinem Studium zu Biagio, seiner Familie und seinen Freunden nach Rom zu gehen. Sie wurden dickste Freunde und Christian übernahm alle Einstellungen von Biagio, die ihm imponierten, fluchte ständig wie ein Italiener:

„Stronzo, cazzo" - Dummkopf -, strebte eine akademische Karriere wie er an und zog schließlich zu ihm nach Rom. Zuerst in seine Wohnung am Tiber und dann mit Biagios Schwester Valeria zusammen in ein kleines Haus. Er studierte viel und kam nach einem Jahr wieder nach Deutschland zurück. Joséphine fand es nett, seine Geschichten aus Italien zu hören.

In den Ferien kam Biagios jüngerer Bruder Adriano mit Freunden zu ihnen nach Deutschland zu Besuch und es war für Joséphine und viele Freunde wieder ein besonderer Glanzpunkt. Biagio hatte jetzt ein Kind mit einer Frau, lebte aber nicht verheiratet mir ihr zusammen. Diese Italiener! Immer die schönsten, nettesten und besten, die mit ihren großzügigen Emotionen Deutsche so sehr in den Schatten stellten.

Adriano trug schwarze Locken, eine runde Metallbrille vor lustig funkelnden Augen und war ein etwas untersetzterer Typ als sein Bruder, der mit hellbraunen Locken und blauen Augen auch ein introvertierteres Temperament hatte. Sie ermunterten Joséphine, sie einmal in Rom zu besuchen. Die Stadt kannte sie von einer früheren Reise mit einem Freund her.

Also besuchte sie im Sommer Salgiattis in Rom und wollte in Italien noch ein wenig weiter herumreisen. Sie kündigte sich brieflich an und fuhr mit einem Taxi vom Flughafen in die Stadt, fand ein schönes Hotel und rief Salgiattis an. Sofort holte Adriano sie aus dem Hotel in ihr Haus am Tiber und Joséphine legte ihren Arm aus dem Autofenster. An einer Ampel fasste ein Vespa-Fahrer sie von außen an und Adriano fluchte:

„Hund...". Solche Ausdrücke liebte er im Deutschen besonders.

Aus der Wohnung am Tiber-Ufer sah sie auf den Fluss hinaus. Ein Schwimmbad lag als Ponton mit einem kleinen Restaurant darauf im Fluss und sie sah auf die Via Condotti und die Engelsburg hinüber. Die Fensterläden waren am späten Nachmittag halb geschlossen und sie sah eine Galerie aus Holz an der Zimmerwand und Biagios alten dunkelbraunen Flügel. Seine Bücher waren auf dem Boden im Flur gestapelt und er kam nach Hause:

„Joséphine ist angekommen."

Sie hatte ein paar Flaschen Sekt mitgebracht und wußte, daß er ihn gern trank. Am Abend fuhren sie nach Trastevere und Adriano erklärte ihr ein wenig die Dinge, verschiedene Vorspeisen und Joséphine staunte und freute sich über die Lebensart. Niemand hatte viel Geld und doch lebten alle Geschwister mit ihren Freunden recht sorglos, wenn auch nicht sorgenfrei, lösten vieles mit einem für viele Deutsche unbekannten strahlenden Lächeln und fuhren nachts wieder heim. Joséphine wurde in einem separaten Appartement von Adrianos Freundin Raffaela einquartiert, damit sie es feiner und ungestörter hatte.

Es lag in der Altstadt von Rom und durch ein sehr schmales Treppenhaus erreichte man eine Wohnung mit einer famosen Terrasse. Sie sah auf einen barocken Kirchturm und auf die Engelsburg hinüber. Hübsch eingerichtet war Raffaelas Wohnung mit seidenen Gardinen und den gleichen eleganten Stoffbezügen mit feinen Seiden-Mustern in herrlichem Rot-Grün auf hellem Grund auf den Polstern.

Sie streifte ein wenig in der Altstadt umher, ging über den Blumen-Markt und die Piazza Navona und kaufte sich einen Sonnenhut.

Die Mutter der Salgiattis öffnete ihr die Haustür und sagte erläuternd durch die Sprechanlage:

„Primo Piano" - Erster Stock.

Am Abend winkte Biagio vor dem Haus, als Adriano und Raffaela mit dem Auto kamen und sie kehrten in Salgiattis Haus unten bei Formisano ein, dem Café mit dem feinen Marmorboden und Bistro-Tischen aus grauem Marmor, wo der Chef persönlich im abgedunkelten Büro und Hinterzimmer eine Flasche Sekt für sie öffnete. Biagios Winken war einmalig in seiner Geste, die anderen herbeizurufen. Er sagte dabei nichts, wie er nie besonders viel redete und in Deutschland einmal von sich behauptet hatte:

„Ich bin oft wie ein lethargisches Tier." Sein deutscher Akzent war sehr gut und auch sein Bruder lernte gern Deutsch. Raffaela sprach mit Joséphine lieber Englisch und fand es einfacher.

Der älteste Bruder der Salgiattis hieß Alessandro und war schon grauhaarig, hatte Kinder und lebte ein ruhiges Familienleben im Vergleich zu seinen zwei beweglichen jüngeren Brüdern.

An einem Abend kochten alle Geschwister Salgiatti für Joséphine Spaghetti und sie lernte die Familie kennen. Emilia ist in Wien, sagte Christian Unglaube immer und Joséphine wußte es nun und fand es gut. Wien. Als Christian es zum fünften Mal gesagt hatte, fand sie es jedoch nicht mehr so imposant. Wenn man etwas zweimal sagte, konnte man sicher sein, daß Menschen mit normalem Verstand es kapierten und sich nicht so verarscht vorkamen, so als würde man sie für vergeßlich halten. Christian hatte es vielleicht nicht so gemeint, aber Joséphine ärgerte sich regelmäßig darüber, wenn er es wiederum erwähnte und noch oberväterlich hinzufügte:

„Sie sollte aber besser wieder nach Hause kommen", in Wien hätte sie schon mehrere Selbstmordversuche hinter sich gebracht und ihre Arme wären von den Einstichen voll.

So stellte Christian diese sagenhafte Familie immer sehr dramatisch dar und Joséphine fand sie alle sehr nett, jedoch weitaus undramatischer als der gute Christian aus dem Rheinland es erlebte.

Biagio sei guten Gewissens als Alkoholiker zu bezeichnen und Joséphine hatte es nicht richtig gemerkt. Er könne morgens nur mit einem Whisky anfangen zu arbeiten, wußte Christian. Biagio war wie sein alter Freund Frederico ein bedeutender Orientalist geworden und arbeitete viel an Inschriften im Irak.

Er fragte Joséphine, mit wem sie denn weiter durch Italien reisen wollte und sie antwortete wahrheitsgemäß:

„Auf dem Schiff sind wir als crew zusammen", wo sie nach dem Wochenende bei Salgiattis in Rom für zwei Wochen auf eine Schiffstour ging. Biagio schlug vor, am Wochenende darauf noch einmal zu ihnen in Rom zu Besuch zu kommen.

„Ich schlage vorr...", sagte er oft in seinem höflichen Deutsch.

Sie kam sonntags morgens und er machte ihr einen Kaffee in seiner weiß gekachelten Küche mit marineblauen Mäandern an den Wänden, stellte eine silberne Espresso-Kanne auf eine Gasflamme und sah, mit seinem weißen Handtuch um die Hüften und einer Gauloise in der Hand mindestens aus wie Marcello Mastroianni in seinen reifen Jahren. Joséphine machte ein tolles Foto und meinte: „Die werden zuhause jetzt „Wer-weiß-was" denken." Er murmelte sein gewohntes: „Hm, hm."

Es war Ferragosto, der fünfzehnte August und in Rom war es ruhig.

Alle saßen zusammen und Biagios Schwester Valeria erklärte Joséphine auf einem Sofa nach dem Essen:

„Ich habe Christian gesagt: „Du wirst uns hier wieder verlassen und nach Deutschland zurückgehen. Die Universität gefällt Dir..." und Joséphine verstand sie.

Adriano fuhr mit ihr zusammen zum Flughafen und nahm selbst eine Maschine nach London. Bei der Fahrt über den Petersplatz erklärte er ihr seine Einstellung zum Vatikan: „This one is more conservative" - dieser Papst ist konservativer als seine Vorgänger - als eine Art Einstufung. Auch Christian Unglaube hatte berichtet, daß Salgiattis sehr antipäpstlich seien und Valeria nach einem Attentat mit dem Victory-Zeichen über den Peters-Platz gegangen war.

Christian war für sein Leben gern in Italien bei Salgiattis zu Studienjahren gewesen, fand aber nicht den Entschluß, bei Valeria und in Italien zu bleiben.

Er kehrte nach Deutschland zurück und heiratete eine Frau aus seinem Italienisch-Kurs. Sie war sehr schwierig, zänkisch und häßlich und Joséphine distanzierte sich von ihr. Auf der Hochzeit spielte sie für das Paar Orgel und Biagio und Adriano gefiel natürlich ihr Spiel. Auch Raffaela gratulierte mit einem wirklich herzlich gemeinten:

„Congratulations, Maestro", wo Joséphine sich bemüht hatte, eine schönes festliches G-Dur-Präludium aus dem dritten Band der Bachschen Orgel-Werke abzuliefern. Es machte ihr sehr viel Freude, das Stück zu üben und sie hatte sich viele Stunden daran berauscht, es gut hinzukriegen.

Adriano brachte einen Freund mit und die Drei übernachteten mit Raffaela bei Joséphine in ihrer großen Wohnung. Adrianos Freund Ferrucio war Oboist und Adriano selbst komponierte. Leider spielten sie nicht auf der Hochzeit und wenn Joséphine es überlegt hätte, hätten sie doch zusammen musizieren können. Sie sprach ein wenig mit Ferrucio und freundete sich beim Champagner-Empfang mit ihm an. Er trug einen Zopf bis auf den Rücken hinunter und war ein unkomplizierter strahlender Römer. Biagio beobachtete sie und äußerte in seinem humorigen Deutsch: „Controla...", als er sie beide Sekt trinken sah. Am Nachmittag der Hochzeit fuhren sie alle in einen alten Schloßgarten und spazierten ein wenig herum. Ferrucio meinte großzügig:

„I made all this," und zeigte mit ausladender Geste auf das Schlößchen in seinem Park und die Orangerie am Teich. Er gefiel Joséphine in seiner unbelasteten Art. Biagio wohnte mit seinem kleinen Sohn Arcangelo, einem hinreißenden Fünfjährigen, bei anderen Bekannten, Orientalisten-Kollegen an der Universität. So interessierte sich Joséphine sehr für ihren neuen Gast und tanzte bei der Hochzeitsfeier nur mit ihm.

Sie überzeugte als ersten Adriano von einer Braut-Entführung und erläuterte:

„There is more fun than on the party", - dort ist dann mehr Spass als auf der Feier - und seine Augen leuchteten voller Vorfreude auf den kleinen Trick. Tatsächlich bat er die Braut charmant, in sein Auto zu steigen und fuhr mit ihr in eine kleine Kneipe. Joséphine erklärte Ferrucio ein wenig die Sache, der es nicht ganz so gut begriff wie Adriano und nicht richtig glaubte, so lange, bis sie wie auch der Bräutigam schließlich bemerkten, daß die Braut seit längerem nicht mehr auf ihrer eigenen Hochzeit war. Joséphine liebte genau wie Adriano solche Späße und erinnerte sich, wie Adriano eines Samstag morgens einmal vor ihrer Tür gestanden und ein wenig herumgedruckst hatte, bevor er preisgab, daß Christian am Abend vorher in einer Kneipe eine Frau kennengelernt hatte und mit ihr notfallmäßig in sein Zimmer gegangen war. Sein italienischer Logier-Gast Adriano hatte sich großzügig und diskret in der Nacht auf Parkbänken herumgedrückt, bis es Morgen war und Joséphine fand es absolut nicht richtig von Christian, den armen Adriano so zu behandeln und eventuell unbewußt auch noch damit anzugeben, er könne inzwischen genauso gut wie ein Italiener Frauen aufreißen. Nein, Joséphine mochte auch seine Frau nicht.

Die Entführung stellte sie Ferrucio als einen modernen Raub einer Sabinerin dar, damit er entfernt wußte, worum sich der Scherz handelte. In der Kneipe saßen schon fünfzehn Hochzeitsgäste und tranken lustig Sekt.

„Deine fünfzehnte Glas...", kommentierte Biagio trocken, als Joséphine diesem Getränk zusprach.

Sie mußten eine lange Strecke von der Feier mit dem Auto zurückfahren und Ferrucio strich im Auto über ihr goldenes Armband. In ihrer Wohnung tranken sie noch etwas Wasser mit Adriano und Raffaela und Joséphine nahm Ferrucio allein mit in ihr Zimmer.

Am nächsten Morgen taten alle so, als sei nichts gewesen und die Italiener wollten sofort wieder abreisen. Es war mit ihnen immer so. Bewegung, Ankunft, Abreise, Wiedersehensfreude und Abschied wechselten einander ab.

Joséphine verabschiedete Biagio und den Jungen etwas später in ihrer Wohnung und brachte sie am nächsten Morgen zum Bahnhof. Biagio mußte seinem Jungen den Koffer aufräumen und ihn für den Flug ankleiden. Der große Orientalist und die winzigen T-shirts von Arcangelo.

„Que casino", - welch ein Durcheinander - stöhnte er. Joséphine wunderte sich. Im Auto auf dem Weg zum Bahnhof erklärte er dem Kind eine Hunderasse:

„Dobermann", und Joséphine imponierte er wie immer mit seinem Wissen. Dabei war er nie wichtigtuerisch gewesen.

Er stieg in den Zug „alle tre" und erschien ihr plötzlich traurig bei diesem Abschied von deutschen Freunden. Er wirkte wie ein Nichts.

IMANUEL EBNER

Guislaine saß im Sopran und Imanuel im Baß. Im ersten Semester Jura war sie und er bei seiner Doktor-Arbeit in Soziologie.

Die Probe begann mit Bachs Weihnachts-Oratorium, abgekürzt WO, im trüb erleuchteten Gemeindesaal der Silvanus-Kirche.

Kantor Severin kam mit seinem Boxer Lorenz, der sich unter den schwarzen Bechstein verkroch und Severin begann mit dem Tenor: Jauchzet, Frohlocket, auf, preiset die Tage. Er war wie viele Kirchenmusiker recht häßlich, aber ungemein modern, zügig, agil und Guislaine freute sich und war überaus stolz, das große, herrliche Werk als Studentin mit neunzehn Jahren als Erstes in der fremden Universitäts-Stadt probieren zu können. Die Aufführungen sollten außer in der Silvanus-Kirche im Rahmen einer kleinen Konzert-Reise von einer Woche auch in Südfrankreich sein.

Guislaine war eine gute Chor-Sängerin, dennoch flößte das große Werk ihr anfangs sehr hohen Respekt ein. Sie konzentrierte sich auf die Noten, las den Tenor mit, bevor Severin die Altstimme drannahm und erst nach dem Baß ging es einige Male durch einige Passagen des Soprans, bevor eine kleine Pause eingelegt wurde, man in das Entrée des Gemeindehauses ging und ein wenig plauderte.

Imanuel trug einen dicken Rollkragenpullover in Dunkelrosa, der auch Guislaine für sich selbst gut gefallen hätte. Auch sie war mächtig chic und hatte sich als eine der wichtigsten ersten Amtshandlungen in der neuen Stadt gleich zwei neue Rollkragenpullover in Schwarz und einen in Mokkabraun mit feinen weißen und rosa Querstreifen und einem großzügigen weiten Kragen zugelegt, die ihr vorzüglich standen.

Imanuel war sehr dunkelhaarig mit dunkler Haut, dunklen Augen und einer fast griechischen Nase. Er war ruhig und fiel ihr daher nicht einmal besonders auf.

Viele interessante Leute waren in diesem lebhaften Studentenchor zu bestaunen. Aparte und weniger aparte junge Studenten trafen sich montags abends zum Weihnachts-Oratorium und für Guislaine Valliamée war es genau wie noch zuhause auf der Schule, wo die Chorstunde am Mittwoch-Abend für sie und ihre Freunde der schönste und wichtigste Termin und Abend der Woche war.

Nach der Probe ging man etwas trinken und der Studenten-Chor hatte gerade wieder eine neue Kneipe gefunden, wo fast hundert Leute gut einkehren konnten nach Zehn. „Wir gehen einen saufen", sprach eine hübsche nette Psychologin namens Geli Marquardt schonungslos und es erstaunte die gute Guislaine denn doch die ersten Male immer wieder, wenn es so ausdrücklich gesagt wurde. Im Winzer-Rad bestellte und bestellte man, Wein und Bier, Limonade und Tee. Es dauerte nicht sehr lange, bis alles kam und doch schlug Imanuel Guislaine und einem Tenorsänger beizeiten vor, doch lieber eigene Wege in der Kneipen-Szene zu gehen und zeigte Guislaine damit die Stadt in ihren schönsten Weinstuben öfter montags abends nach Zehn. Die kleinen gemütlichen verrauchten Stuben mit alter Holztäfelung und engen Eingängen waren überaus stimmungsvoll und längst nicht allen Leuten bekannt.

Imanuel erzählte von soziologischen Studien und seiner Doktor-Arbeit in der (römischen) Emilia Romagna, wo er patriarchalische Strukturen studierte. Er hatte gute Forschungsgelder und fuhr mit einem VW-Bus für sein Leben gern dahin und arbeitete einige Wochen und Monate in Mittelitalien.

Auch in seiner Stadt kannte er viele Italiener und als Sohn des Pfarrers der Kirche auf dem alten Marktplatz viele andere Menschen seit seinen Kindertagen. Anselm Pfeiffer aus dem Tenor war auch Theologen-Sohn und sehr, sehr musikalisch. Zu dritt fand Guislaine es wirklich schön, abends in kleine Weinstuben, den Weinschröder und zum Thomas, in den Fasanenhof und zum Schlindwein in die Altdeutsche Weinstube zu gehen, anstatt im großen Winzer-Rad mit all den vielen anderen in einer Riesenrunde zu sitzen.

Imanuel begann, ihr wirklich zu imponieren und zu gefallen. Besonders dann, wenn er zu seiner feinen braunen Wildleder-Jacke den dunkelrosa Pullover trug, der sehr gut an seinem Typ aussah.

Besonders anregend war es, wenn sie zu Dritt mit ihm und Anselm Pfeiffer, dem enormen Mathematik-Studenten in mittleren Semestern, ausging. Sie zeigten ihr die schönsten Weinstuben der Stadt, jedesmal etwa drei andere neue, wo man für ein Viertel Platz nahm oder beizeiten wieder ging, wenn es zu voll zu werden drohte und Guislaine genoß die Atmosphäre in der Barock-Architektur unbewußt.

Sehr interessierte sie der Intellekt von Anselm, der sein Studium und die Chor-Aktivität scheinbar mühelos absolvierte und einen absoluten Feingeist hinter einer ein wenig wuchtigen Statur hervorschauen ließ. Er trug kinnlange mittelbraune Haare und eine kleine geränderte runde Goldbrille, die ihn ein wenig wie Franz Schubert aussehen ließ, jedoch nur ein wenig, denn Anselm war ziemlich untersetzt, was Guislaine von dem Komponisten nicht so glaubte, ohne es jedoch genau zu wissen und Anselm lachte gern verhalten hinter seiner hellen goldenen Brille. Von Schubert hatte Guislaine immer ein Bild aus dem Schulbuch mit kreisrunder kleiner dunkler Metall-Brille vor Augen, die jeden sehr, sehr klug und geradezu schulmeisterlich aussehen ließ, was jedoch überhaupt nicht der Wirklichkeit entsprach.

Anselm kam mit der Partitur in der Hand in die Proben und trug sie auch locker bei den Kneipengängen mit sich herum. Er las sie spielend, was selbst für berufsmäßige Orchester-Musiker eine Seltenheit war. Jeder hatte schließlich mit seiner eigenen Stimme genug zu tun. Er war eben ein Genie und Mathematiker.

Auch Anselm als Theologen-Sohn zog wohl aus diesem Grund ganz gern mit dem ebenfalls sehr genialen Imanuel um die Häuser. Sie redeten etwa im gleichen Stil über Musik und die gute Guislaine kam sich trotz ihrer eigenen Kompetenz gegen sie immer ein wenig klein vor.

Gern machte Anselm ihr im Spaß ihre Lieblings-Werke und Anschauungen kaputt, nur aus intellektuellem Spaß und deswegen mochte sie ihn doch nicht mehr so gern.

Natürlich begleitete der tolle, hochgewachsene Imanuel sie eines Abends nach dem Uni-Ball nach Hause ins Studentenheim, wo sie Gott-sei-Dank immer an Wochenenden sturmfreie Bude hatte. Ihre japanische Zimmer-Kollegin Shigeko flog dann regelmäßig aus zu ihrem Freund und kam erst Montags abends zurück.

Auf dem Uni-Ball war es scheußlich trübsinnig beleuchtet im Keller des Neubaus, dem „Kakao-Bunker". Anselm saß natürlich auch vor Wein in weißen Plastik-Bechern, rauchte Gauloises und lachte: „im ersten Semester und schon auf dem Uni-Ball...". Guislaine war sehr stolz, von Imanuel mitgenommen worden zu sein und versuchte nur den ganzen Abend lang vergeblich, zu verstehen, was denn so schön an diesem Semester-Abschluß war. Es gab keinen einzigen Programm-Punkt, nur Disco-Musik und keine live-band, sie sagte aber lieber nichts, weil ihr alles noch ein wenig neu war, dennoch haßte sie im Grunde jetzt diese Keller-Atmosphäre, die in nichts besser als ihre Schüler-Discothek im Jungen-Gymnasium von Niederkrüchten war. Äußerst öde. Bei Tage gings.

Und dann dieses Doppel-Zimmer im Studenten-Wohnheim mit Imanuel zum ersten Mal allein. Sie war sehr stolz, schon zehnmal mit ihm ausgegangen zu sein und erst dann mit ihm zu übernachten.

Gelegentlich hatte er sie nach den Kneipen-Touren nach Hause gefahren und wußte, daß Shigeko da war, montags abends. Jetzt suchte Guislaine nach etwas Wasser und fand eine Flasche Silvaner. Er redete wie immer sachlich über japanische Kultur, als er auf Shigekos Zimmer-Dekorationen sah. Sie hatte eine glänzend bestickte schwarzgrundige Landschaft mit viel Silber- und Grünstickerei über ihrem Bett hängen und ihre Dosen mit Algen und Teesorten rochen sehr gut. Einmal hatte er Shigeko gesehen, als er Guislaine zu einer Fahrt abholte.

Es war nicht weiter aufregend, mit ihm zu übernachten. Er legte sich spaßeshalber, dennoch eigentlich ernst, nackt auf das Bett, als Guislaine am Sonntagmorgen aufstand und fragte: „Wie bin ich denn so in meiner Körperlichkeit?" und sie antwortete: „Oh, ich weiß, daß Du als italienischer Fürst in Deinem nächsten Leben auf die Welt kommen wirst. Die Pose ist schon recht gut." Inzwischen war sie soweit schon ein wenig sicherer geworden und wußte, was er gern hörte. Ob ihr das kleine Kompliment gelungen war, wußte man bei ihm jedoch nie.

Sie stellte das Radio an und dachte daran, wie seine Familie, die sie vom Sehen kannte, ihn beim Frühstück vermissen würde. Alle Gewohnheiten der Pfarrers-Familie kannte sie jedoch nicht. Sie wohnten im Pfarrhaus neben dem barocken Gemeindehaus von Sankt-Silvanus. Als sie Kaffee kochte, er in der Pose eines antiken Fluß-Gottes auf ihrem Bett lag und sich die japanische Stickerei ansah, ertönte die Stimme des Rundfunk-Sprechers. „Wir übertragen jetzt den Gottesdienst aus Sankt-Silvanus. Es spricht Pfarrer Ebner, an der Orgel ist Kantor Martin Severin.

„Jawoll, sag`s Ihnen", bekräftigte Imanuel, als er die tönende Stimme seines Vaters aus Guislaines Koffer-Radio vernahm. Sie wußte nicht, wie ihr geschah und er schlug vor, mit ihr nach Künzlingen zu fahren. Es war einer der berühmtesten Barock-Gärten Europas mit unzähligen Attraktionen, bezaubernder Trompe-l`oeuil-Malerei, wo man am Ende einer überdachten Allee ein helles Gemälde sah, das die Garten-Landschaft originalgetreu abbildete. Das Gemälde war als konkaver Spiegel aufgetragen und die Illusion perfekt. Genauso staunte Guislaine über die beachtliche Moschee mitten im Schloßpark, die freitags immer benutzt wurde, an diesem nebligen, dennoch hellen Winter-Sonntagmorgen jedoch völlig menschenleer zu besichtigen war.

In Seeteichen lagerten Fluß-Götter wie Imanuel auf der Couch von Guislaine, genauso, und sie erinnerte ihn scherzhaft, ob das sein Vorbild gewesen wäre. Er lachte mit seiner Pfeife im Mund und zeigte ihr das Badehaus, wo sich der Souverän mit Philosophen und vielen illustren Zeitgenossen erfrischt hatte.

Für Guislaine waren es viele Eindrücke an diesem Morgen: die Ruine mitten in der Garten-Landschaft und die beruhigenden, ausgedehnten Anlagen der feudalen Zeit. Der Erbauer war ein mäzenatischer und erfolgreicher Barock-Fürst, viel Ausnutzung seiner Position zu Unrecht war über ihn natürlich nicht bekannt und vielleicht war er es auch nie gewesen, dennoch war Guislaine bei allem sehr skeptisch.

In den Ferien fuhr sie zu ihren Eltern und machte einige Wochen einen doofen Ferien-Job. In einem Lokal allerlei Arbeiten, Küche und servieren, es war wenig anregend und sie verdiente nicht viel. Zurückgekehrt war sie trotz der Bewegung doch wieder ein paar Kilo schwerer und es stand ihr nicht sehr gut.

Und nicht nur deswegen hatte sich Imanuel von ihr entfernt. Er schwärmte im Sommer-Semester von einer besonders faszinierenden Frau, die so chaotisch wäre, nicht einmal vor dem Klau einer Lederjacke in einem Geschäft zurückzuschrecken. Guislaine dachte, Kindskopf, und so was verdreht dir den Kopf. Na denn. Sie wußte, sie war ihm allein wegen ihrer Jugend nicht ganz gewachsen und fühlte sich nicht besonders ernstgenommen.

Auf einem Studenten-Fest lernte sie, ohne es zu wollen, jemand anders kennen und nach einiger Zeit stellte sich schmerzlich heraus, daß der in seiner Heimatstadt noch jemand hatte. Sie mußte sich entscheiden, warf ihm die Sache kurzerhand vor die Füße und Imanuel tröstete sie väterlich. Er ging mit seiner Mutter, seiner Schwester und ihr ins Theater und lud sie nach Italien ein. Sie lehnte ab und dieses noch reichlich spät. Er hätte natürlich gern jemand anders mitgenommen und sie entschuldigte sich, daß sie es nicht früher gesagt hatte. Er verzieh ihr.

Ihre Emotionen waren nicht mehr gut genug für ihn, um eine noch so attraktive Reise zusammen zu machen. Sie fühlte sich ihm nicht gewachsen, war erheblich jünger als er und er neigte ein wenig zum Irrsinn und zur Absurdität, wenn er so an einer scharfen Kleptomanin hing.

Sie wollte ihn jetzt auch lange nicht mehr so gern sehen wie am Anfang ihrer Bekanntschaft.

Ihr Leben wurde ernsthafter, sie fand einen gepflegten Studenten-Job als Bedienung und hatte plötzlich ein ganzes Gehalt als Taschengeld, zumindest in den Ferien. Seminar-Arbeiten konnte sie immer noch nebenher schreiben, mal eine Nacht lang durch und der Uni-Schein war unterschrieben. Sie hakte das Thema sofort ab.

Sie ging aus mit Anselm Pfeiffer und Ernst Herold, einem anderen Freund aus dem Chor. Imanuel mochte alle Herolds nicht. Sie würden bei Kantor Severin gegen ihn intrigieren.

Und er stellte ihr jetzt seinen kleinen Sohn vor. Joachim war ein hübscher Junge. Blond, recht zart für seine sieben Jahre und mit den gleichen markanten Gesichtszügen wie sein Vater und der Großvater. Sie hatten alle die gleichen besonderen Nasen, die ihre Gesichter ein wenig romanisch erscheinen ließen. Bei dem Kleinen fiel es in seiner hellen Blondheit jedoch nicht so auf und nur jemand, der sie alle kannte, konnte es sehen.

Guislaine zeigte Joachim einige Asterix-Hefte, die sie glücklicherweise zufällig herumliegen hatte und jetzt wurde ihr klar, was die notorischen Säufer im Schnapsloch gemeint hatten, als sie Imanuel vom Nebentisch aus heruntermachen wollten mit: „es gibt hier Leute, die ihre Kinder nicht ernähren können." Imanuel arbeitete hart und Guislaine war überzeugt, daß er für sein Kind ein guter Mensch und damit ein guter Vater war. Das dachte sie natürlich auch von seiner Familie.

Er lud sie gern zu Weinabenden ein: „Valliamée, kommst Du? Wir machen Rambo-Zambo, unsere Alten sind nicht da". Es war für sie sehr spannend, zu sehen, wie „Pfarrerskinder" privat „feierten." Ebners neue Untermieterin war ein aparter Typ, sie wohnte als Studentin in einem der Zimmer, die Guislaine alle nicht kannte und erschien ihr wirklich interessant mit einer hübschen kurzen blonden Locken-Frisur. Sie lächelte charmant und war recht angenehm. Es waren nicht einmal zehn Leute zu Besuch, sein Freund, die Mieterin und seine Schwestern, sprachen ein wenig über die Originale an der Universität und über die Weltlage an sich. Dann fuhr Imanuel sie freundlicherweise nach Hause, was nie so ganz sicher war, ihr aber sehr angenehm, in seinen VW-Bus zu steigen und nicht den öffentlichen Bus fünfzig Meter weiter zu nehmen.

Er übernachtete bei ihr und fuhr wieder heim. Sie ging irgendwann in die Universität und versäumte sehr wenig, wenn überhaupt etwas Relevantes.

Dafür wurden hier die Feste besser. Im Hörsaal Dreizehn gab es Porno-Dias und in ihrem Studentenheim legte der smarte Medizin-Student Leo Ranhegger die Internationale auf, als Nachbarn bei einem Fest die Polizei wegen Lärmbelästigung alarmiert hatten.

Sie war gelegentlich bei Ebners zum Musizieren und es gab nachmittags ein Kaffee-Buffet mit Stapeln von Tellern für Stollen und Batterien von Tassen für alle Besucher des Pfarrhauses. Guislaine war beeindruckt von der Atmosphäre und der alten Haushälterin Lene.

Für Imanuel brachte sie eine Trompete aus den Ferien aus Niederkrüchten mit. Ein altes, nicht mehr sehr brauchbares Ding, was schlußendlich sehr schön an ihrer grüngestrichenen Wand im Zimmer aussah. Verschiedene Leute spielten immer gern darauf und bliesen ein paar Töne auf den Balkon hinaus.

Imanuel warnte sie immer wieder vor Adnan El-Menschawi, ihrem Nachbarn im Studenten-Wohnheim neben ihrem früheren Doppel-Zimmer. Er sei das größte Arschloch, welches die arabisch-palästinensische Welt hierzulande repräsentieren würde und sie sollte sich ja nicht auf ihn einzulassen. Guislaine ließ es kalt, sie war längst einmal bei ihm im Zimmer zum Teetrinken gewesen und er war sehr höflich gewesen. Imanuel schimpfte immer auf alle „Araben" und konnte sie einfach nicht sehen, geschweige denn gelten lassen.

Sie hörte es an und konnte nicht anders, als sich darüber amüsieren. Imanuel sprach das r in „Araben" immer wie ein englisches r und ironisierte sich selbst in seiner Äußerung gleich damit.

Guislaine machte ein Sechs-Punkte-Examen und es war recht ordentlich. Sie wollte nicht in den Beamtendienst und suchte eine schöne Referendar-

Stelle in einem Anwalts-Büro in der Stadt. Es machte ihr nicht besonders Freude, aber die Bewegung mit den Mandanten, der Betrieb im Büro regte sie doch ein wenig an. Entweder würde sie selbst ein Anwalts-Büro eröffnen oder sie fände eine Stelle in einem Unternehmen, einer Organisation oder irgendetwas, das ihr ein attraktiver Lebensraum erschien.

Zunächst aber all die Etappen der Referendars-Laufbahn mit einer Zwischenstation beim Europa-Parlament in Brüssel. Es war nicht schlecht. Im Büro saß ein Referendar und schrieb unlustig Berichte. Sonst war er ein netter Zeitgenosse, recht gut anzusehen und umgänglich, vertrauenerweckend und nicht so verschlossen wie all die Parlamentarier sonst, die hier von Montag bis Donnerstag in den Gremien saßen.

Guislaine absolvierte drei Monate mit Engagement, was hier jedoch niemanden zu interessieren schien. Sie wollte auf jeden Fall ein sehr gutes zweites Examen schaffen, um vielleicht doch eine Chance für den deutschen Staatsdienst, jedenfalls die Option darauf zu haben.

Sie kehrte nach Deutschland zurück und büffelte konzentriert auf das Examen hin. Vielleicht hatte sie sich beim ersten Examen doch ein wenig vom Stoff ablenken lassen und wollte es jetzt einmal mit kontinuierlichem Fleiss versuchen. Sie schaffte ihre acht Punkte gerade soeben und überlegte.

Imanuel war inzwischen von zu Hause ausgezogen und besuchte sie in ihrer neuen kleinen Wohnung. Er reiste viel durch die Welt und hatte endlich den Lebensraum, den er wollte, veröffentlichte viel über seine Studien-Länder und Guislaines Freundinnen waren genauso beeindruckt wie sie, als sie ihn anfangs in den Weinstuben reden gehört hatte.

Guislaine hielt es inzwischen für eine blöde Masche von ihm, zu erzählen, wie die Bauernhöfe früher mitten in der Stadt ausgesehen hatten und dachte auch, wie blöd von ihren Freundinnen, so unsolidarisch an seinen genialen Lippen zu hängen. Aber es war eine Täuschung. Warum sollten sie eigentlich nicht von ihm beeindruckt sein? Wollte sie selbst ihn denn wirklich jetzt noch? Nein, lautete die Antwort in der Summe, die Zeiten waren vorbei, it was over.

Sie erinnerte sich an ein Chor-Fest, als Imanuel ihre Cousine Silvia mit seinen Erzählungen eingelullt hatte und sie hatte sich mutig bei ihr beschwert, laut protestiert, wie sehr ihr das mißfallen hatte, als er Silvia auf der schmalen Wendeltreppe vom Jazz-Club in die Ohren geredet hatte und Silvia hatte Verständnis gehabt: „Ich finde es gut, daß Du geschrien hast. Nachträglich alle Achtung." So konnte sie den Abend mit ihren Freundinnen, die immer ach so zeitgemäß und super-aufgeklärt und „fortschrittlich" sein wollten, vergessen. Dämliche Gänse, aber gut, man mußte gute Leute kennen, um geachtet zu werden. Nie vergessen.

Anselm Pfeiffer besuchte sie eines Abends mit zwei Flaschen wunderbaren Weins und er hatte sich vielleicht ein wenig Hoffnung auf sie gemacht. Es tat ihr hinterher sehr leid, er hatte es sie nicht wirklich spüren lassen, aber sie dachte hinterher daran, daß er doch ein wenig traurig und energielos gewirkt hatte an diesem Abend. Nur ein ganz klein wenig. Blansinger Wolfer hieß der Wein, den er von einer Prüfstelle ergattert hatte. Schon als Student schwärmte er von Blind-Verkostungen. Er dachte daran, wie schön es wäre, die Herkunft eines Weines nach dem Land, der Rebe und der exakten Lage in einem Weinberg zu erkennen. Guislaine beeindruckt er wieder sehr, wo er es vielleicht mehr spaßig gemeint hatte.

Sie selbst hatte im Studentenheim gleich zu Anfang die anderen damit beeindruckt, bei einer Radiosendung zu sagen: Mozart. Es war für sie das Allereinfachste, Mozart herauszuhören. Schließlich konnte kein Mensch und noch so erfolgreicher Komponist für Hörer soweit über seinen Schatten springen, um in seiner Handschrift völlig unkennntlich zu sein.

Imanuel lebte in einem alten Haus in Feldern weit draußen vor der Stadt und wollte mit einigen Mitbewohnern eine Atmosphäre wie in einer Kneipe haben. Eine seiner Schwestern wohnte bei ihnen und hatte fürchterlich Streß mit ihrem

Bruder und seinen Freunden. Sie rang die Hände und es war ihr scheinbar bei aller Ironie doch ernst.

Guislaine fand eine gute Stelle in einem Verlag in Frankfurt und es machte ihr enorme Freude, Autorenrechte zu betreuen, auf der Buchmesse Betrieb und Markt zu erleben, zu sehen, wie Geschäfte angebahnt wurden und konzipierte Verträge für ihr Haus.

Imanuels Eltern waren nicht mehr in dem alten Pfarrhaus, sondern auch umgezogen. Eine der Schwestern wohnte bei ihren Eltern und die ältere blonde Magdalene Ebner zog schließlich aus dem Haus von Imanuel aus, es wäre für sie unerträglich dort mit denen gewesen, erzählte sie Guislaine eines Tages auf der Straße. Sie sagten alle immer gern „Valliamée" zu ihr und nicht ihren Vornamen. Guislaine fand es sehr kameradschaftlich und lud die blonde Magdalene locker zu sich ein. Einmal kam sie mit einem Psychologen und trank sehr viel Wein. Guislaine staunte. Sie wollte eigentlich arbeiten und es kostete sie einen ganzen Feiertag, aber sie dachte an die alten Zeiten im Pfarrhaus, wollte der Familie freundlich treu bleiben und sah ihre Entwicklung.

Imanuel ging nach Übersee. Guislaine blieb.

Er heiratete und bekam zwei Töchter, erzählte ihr Magdalene eines Tages auf der Brücke und Magdalene wohnte inzwischen in einem Wohnwagen. Guislaine fand es bedenklich und wollte ihre jüngere Schwester Barbara oder Imanuel immer auf sie ansprechen. Dazu kam es jedoch nie. Magdalenes Zähne waren in schlechtem Zustand.

Immer wenn sie sie sah, erzählte sie von ihrer eigenen Tätigkeit, ihrer erfreulichen Tätigkeit, die sehr viel internationaler wurde, als ihr Verlag expandierte und sie mitzog. Imanuel sprach sie gelegentlich auf der Straße an und eines Abends kam er. Sie wollte dringend ihre Wohnung putzen, erwartete ihren alten Kollegen aus Brüssel übers Wochenende und hatte für Imanuel überhaupt keine Zeit. Er würde merken, wußte sie genau, daß es keine persönliche Ablehnung war, wenn sie sich ihm nur ein wenig unfreiwillig zuwandte. Auch sie hatte ihn früher gestört, wenn ihr Auto abgeschleppt war und er es für sie wiederbeschaffte. Dann hatte sie seine Tages-Arbeit auch empfindlich unterbrochen.

Seine Töchter mit einer Asiatin waren sehr, sehr hübsch. Einmal sah sie die ganze Familie in einer häßlichen roten Familien-Kutsche, wo er früher nur Mercedes fuhr und Jeeps. So wandelten sich die Zeiten.

Eines Tages traf sie auf einem Gemeindefest in ihrer Straße seine Mutter wieder, die in alter Nachbarschaft zu Besuch zur befreundeten Gemeinde, eine Kirche weiter als Silvanus gekommen war. Und Magdalene ging es immer schlechter. Sie hatte deutliche Zahnlücken und trank sicher noch. Guislaine sagte lieber nichts und wußte, wie gebildet diese Leute waren. Sie würden sich entweder selbst helfen können oder nichts würde sich bessern.

Ihre Karriere lief. Das Berufs-Leben machte ihr Freude und sie lernte viele interessante Männer im Job kennen, ging gern mit ihnen essen und sah darin nicht die geringste Verpflichtung, wenn sie keinen Sex mit diesen Kollegen wollte. Wenn ja, machte sie es. Es brachte Abwechslung in ihr Dasein.

Ihre Freundinnen gründeten Familien und hatten Kinder. Guislaine traf sie nicht mehr.

Eines Tages stand Frau Ebner als verstorben in der Zeitung und Guislaine las die Namen aller Kinder und einiger Enkel.

Sie hörte, daß Anselm Pfeiffer eine tolle Informatiker-Karriere gemacht hatte und wollte ihn zu Weihnachten anrufen, schaffte es aber nicht, wollte nicht an alte Zeiten rühren und wenn jemand zu Besuch kommen wollte, würde er es schon machen.

Zu ihrem Geburtstag lud sie Imanuel mit Familie ein, aber er ließ sich nicht blicken. Er mußte seines Vaters Wohnung ausräumen und wollte den Bücherschrank an Freunde verteilen. Philosophie sollte sein alter, bester Freund haben. Guislaine dachte kurz daran, sich auch dafür zu interessieren, unterließ es aber. Sie kam sehr gut an neue Ausgaben heran. Und Imanuel fragte, ob sie tatsächlich Herolds einladen würde, die hätten gegen ihn bei Kantor Severin intrigiert. Guislaine staunte über seine Eifersucht und die kindlich lächerliche, wenn auch ehrliche Rivalität. Imanuel hatte in seinem Leben immer reüssiert und brauchte keine alten Kamellen aufwärmen.

Eines Abends hörte sie Imanuel auf ihrem Anrufbeantworter und er wollte es später noch einmal versuchen. Am nächsten Morgen war auch Imanuels Vater gestorben und sie sah beeindruckende Anzeigen in der Zeitung. Besonders der engagierte, feine persönliche Nachruf von Kantor Severin gefiel ihr sehr, der den alten Pfarrer Ebner für sein Engagement in sehr eindringlichen Worten lobte. Sie nahm sich vor, auf die Beerdigung zu gehen und sah Kantor Severin, Barbara Ebner und Imanuel mit Familie, seine inzwischen auch mittelalterlich gewordene Frau, die sie einmal im Auto gebeten hatte, sie zu besuchen und zwei ausgesprochen hinreißende Töchter. Die eine spielte mit Fäden von Kaugummi während der Trauerreden in der Kapelle. Ein Streich-Quintett spielte Beethoven und Guislaine heulte heftig vor lauter Rührung in der Atmosphäre.

Sie sah Imanuels Frau, flankiert von ihren Töchtern und Imanuel einige Schritte entfernt zum Grab seines Vaters gehen, legte ein paar Rosen darauf und von Magdalene war nichts zu sehen. Seine Haare waren so kurz abrasiert, daß er wirkte wie ein fetter Buddha und seinem Vater immer ähnlicher.

Adnan El-Menschawi wurde Präsident der arabischen Liga und Guislaine sah ihn im Fernsehen wieder.

Von der Autorin sind in der edition R+R bereits erschienen:

Das Chippendale-Sofa
204 Seiten
ISBN 3-8311-4554-7
Ladenpreis € 14,50

Zwei Männer namens Wolff
228 Seiten
ISBN 3-8311-3705-6
Ladenpreis € 13,50

Liebe in Luv
153 Seiten
ISBN 3-8330-0784-2
Ladenpreis € 11,50

Zu beziehen über den Buchhandel
sowie auch über das Internet
u.a. www.libri.de